# Esperando la revolución

## Cuba: crónicas de un viaje inconcluso

### 10 días que estremecieron mi mente

## Gustavo Gac-Artigas

La Habana, junio 20, 2019

Nueva York, junio 30, 2019

Ediciones Nuevo Espacio

Biblioteca Gustavo Gac-Artigas

© 2019

Primera edición, septiembre 2019

Primera edición digital, septiembre 2019

Paperback

ISBN: 978-1-930879-74-4

Edición digital:

ISBN: 978-1-930879-76-8

www.editorial-ene.com

Publicado en los Estados Unidos de América

A mi nieta Isabel,

deseando que tus sueños

superen los sueños de tu abuelo

y que vivas tu propia revolución.


¡Hasta la victoria siempre!

Tu Abu incorregible

| Fidel | *Vámonos* |
|-------|-----------|
| Che | *No podemos* |
| Fidel | *¿Por qué?* |
| Che | *Estamos esperando a Godot.* |

a partir de *Esperando a Godot*

Samuel Beckett

*Cuando reciban este telegrama, estaré*
*de viaje a Cuba. Avisen a mis padres.*

Correos de Chile, Valdivia, septiembre
de 1968

No me alcanzó el dinero para poner la firma.
Como los sueños, iba viajando a dedo.

# Fin de viaje

Cerré mis ojos y dormité

dormité para despertar

Viajé en sueños, sin horizonte, perdido en las nubes intentando poner en blanco mi mente para escribir.

Cuba, 60 años después del sueño, Cuba la imaginaria, Cuba el faro, Cuba el complemento a mayo del 68 en mi adorado París, a la primavera de Praga en mi bello barrio de los alquimistas, Cuba primer territorio libre de América Latina, Cuba el grito que surgía en las manifestaciones estudiantiles en Chile pidiendo abrir las puertas de la universidad al mundo, o apoyando un barrio de invasión, o sumando un *Hasta la victoria siempre* a un *Ho Ho Ho Chi Minh, lucharemos hasta el fin.*

# La llegada

Cincuenta años me tomó llegar, cierto con algunos pequeños desvíos en la ruta desde que dejé Valdivia, en el sur de Chile, en el año 68.

Y no era turismo revolucionario, la visita obligada de la izquierda intelectual de la época, todos fueron, uno tras otro, todos se tomaron una foto con Fidel, una foto con el Che, la foto del recuerdo, aunque más tarde la borraran de sus recuerdos, todos, todos menos uno, Gabo. Pero claro, Gabo había vivido cien años de soledad y yo, yo no lograba dejarme crecer la barba revolucionaria de los estudiantes de la época y viajé a pata, no era Wendy y no iba a Castrolandia.

Había sido testigo de la invasión y muerte de la Primavera de Praga.

Pero regresemos al presente, qué son cincuenta años en la vida de un escritor, qué son sesenta años en la vida de un combatiente, qué son cincuenta años en la vida de un soñador.

Me costó subir la maleta de mano al compartimento superior del avión.

Nunca he viajado por la vida en línea recta, ni siquiera cuando aprendí a caminar, pero eso es otra historia, y ya había comenzado a tomar la curva equivocada, la buena.

La primera sensación, no pensamiento, fue sentir el ardiente aire abrazando mi cuerpo, mis poros abriéndose para dejar escapar el sudor contenido por años como si fuera un acto de purificación antes de entrar a Cuba.

Invoqué a Marx, a Lenin, a Fidel, al Che, a Allende, a los Orichas, a Santa Bárbara y hoy, al escribir, me doy cuenta de que se me olvidó invocar al Partido.

Quizás por eso no llegaba, por eso, y por lo que había estado en Praga en el 68.

# Aterrizaje

El aeropuerto me decepcionó, insignificante, igual a cualquier aeropuerto de provincia, sin personalidad. No se mecía al ritmo de la brisa tropical, no susurraba canciones de Compay Segundo, sus funcionarias no sonreían de ardiente sonrisa, peor aún no sonreían, o sonreían de policial sonrisa.

La de inmigración me regresó a la RDA, seca, fría, ojos grises, acerados, defendiendo cual un muro de principios inamovibles la entrada al reino, despreciativa, quizás por el origen de mi pasaporte, sospechoso, por lo que miraba observando.

–Bienvenido –me dijo al entregarme el pasaporte visado.

Me faltó el *compañero*, nunca pensé que me haría falta, y sin embargo me faltó, no siempre se puede escribir una primera página olvidando el pasado, y mi pasado me persigue.

Un pasillo iluminado, funcionarios conversando animadamente entre ellos, nosotros ignorados, ¿bueno?, ¿malo?, no, simplemente ignorados, ¡cómo hubiera querido ser ignorado en otros tiempos!

Al final del pasillo, antes de abrirse el espacio, dos mesas, cinco batas blancas bloqueaban la salida: ¡Inspección sanitaria! Se me cambió la película, mejor dicho, y lejos de ser lo mismo, me saltó a la memoria una película de Resnais, *Noche y niebla*, gris, nebulosa, esta, luminosa, aquella, barrera de muerte, esta, barrera de protección, la de Resnais conducía a la vida o a la muerte, la de Cuba conducía a mi pasado o a mi futuro.

Las batas blancas bloqueando mi paso me hicieron toser convulsivamente, las cinco cabezas giraron mirándome inquisidoramente.

Pasé.

Estaba en La Habana.

# Sensaciones

La segunda sensación fue un salto al pasado, negociar, negociar los precios, no por lo que estuvieran estafándote, como se leía en las caras de desconfiados turistas, negociar por el placer de establecer contacto, de medirse en la arena sabiendo de antemano que ambos saldríamos triunfantes, que la derrota no existe.

En Cuba nadie paga el primer precio que le piden, más aún, es una ofensa el pagarlo.

Ello me regresó a Grecia donde negociaba desde un plato de pulpo a una máscara de la comedia, la comedia siempre más barata y despreciada que la tragedia; me trasladó a Túnez, donde negociaba con el teatro de Hammamet el tener un minuto libre para, a mi vez, negociar el amor con la Bella entre las Bellas en un juego eterno que cambiaría nuestras vidas minuto tras minuto.

Cuba es un país de elecciones, no esa en la que está pensando, en esa el resultado se conoce de antemano y no tiene sentido, me refiero a elecciones importantes en la vida: un taxi moderno, o un viejo y brillante automóvil para la foto tarjeta postal que no refleje la tragedia o los sueños del conductor.

Para hospedarnos escogimos el pequeño departamento de una joven cuentapropista en La Habana vieja, calle Peña Pobre, dejando de lado el hotel de lujo que la conferencia nos ofrecía en Varadero con todo el trago que quisiéramos, toda la comida que quisiéramos, pero el olor agridulce de las bebidas baratas y los borrachitos paseando de pasos vacilantes por los bares, y las mesas de comida insípida sin fin donde los ordinarios manjares, arroces pretenciosos, pollo y cerdo alternado con cerdo y pollo, sabían más agrios que dulces, cuando el "todo lo que pueda" se confrontaba al humilde pero orgulloso: "comemos lo que hay", y, al igual que cuando en mi infancia mi madre decía alcanza para todos, sabíamos que el pedir más era pedir menos en el plato de mis padres y que el comer y beber todo lo que pueda en el hotel de lujo significaba comer menos para alguna familia cubana.

Siempre preferiré al humilde camarón, sabroso, enroscado para ofrecer placer oculto, placer sin fin, a la altanera, seca y estirada, pero sonriente langosta, para cobrar más, jinetera de los mares.

Desde la ventana del taxi veíamos las cicatrices dejadas en la ciudad por el paso destructor del capitalismo, lo que no veíamos era la construcción del socialismo. Años ha visité Alemania del Este. Allí observé las ruinas del capitalismo y la construcción del socialismo, eran la vitrina de la nueva sociedad, pero algo faltaba, era gris, era triste, Berlín era monocromático. Cierto, estaba a la sombra de un muro, y los muros, incluso para defenderse, son peligrosos.

Nunca se sabe dónde está el enemigo.

En Cuba no estaba lo gris, era una paleta de pintor explotando bajo el sol, la sonrisa existía, las desgastadas chancletas sonaban cansadas, pero con musical ritmo sobre las piedras en el malecón, las palmas y la gente se agitaban al paso del viento, la tarjeta postal existía, pero algo me faltaba, aún no encontraba el alma de su gente.

Me recosté a descansar sobre la cama, cerré los ojos y marché al pasado temiendo despertarme en el presente.

A media noche me desperté soñando que Vargas Llosa estaba haciéndole proposiciones a mi señora y que ella coqueteaba con él con una sonrisa cómplice, como personajes de novela. La desperté, –no era Vargas Llosa –me dijo entre sueños–, era García Márquez.

El resto de la noche lo pasé en vela, y eso que me había tomado un par de mojitos en La Bodeguita del Medio, hay que crear recuerdos.

Amanecía en La Habana vieja.

## Segundo día

Entre la llegada y el próximo día, la farmacia me esperaba. Como en Cuba todo se recicla, todo se recupera, nada se desperdicia, la farmacia del doctor José María Soro era ahora un bar, bar que había conservado el cartel y el nombre del doctor Soro.

De la vieja estantería sacaron un pequeño frasco color café oscuro, en su interior un líquido ámbar, espeso, hacía que las ideas no se evaporaran.

Me dieron tres gotas en un vaso de agua mineral por lo que de la otra no había y la que había se evaporaba antes de llegar al vaso.

Al caer la tercera, una nube negra se cruzó en mi camino: bloqueo.

El bloqueo es criminal.

Viajamos un día veinte de junio, el día cinco había entrado al muelle San Francisco en La Habana el último crucero autorizado debido al endurecimiento de la política exterior del presidente de los Estados Unidos. A lo lejos, el cántico del hermano sol se hundía tristemente en el horizonte mientras los turistas volaban sin rumbo abandonando los hombros del crucero y en el muelle los cubanos esperaban.

–¿Taxi?, ¿una Lulú-Marilú para la niña?, le tengo la mejor de La Habana, una auténtica, una que no es para turistas, míster.

Las frases y las sonrisas permanecían silenciosas esperando, esperando que algo cambie.

–¿Cambio?, a mejor precio que el oficial, el oficial no cambia.

Bloquear a un pueblo, bloquear la incipiente economía privada, a los cuentapropistas es criminal; los que sufren son del pueblo, pueblo son. Bloquear el contacto entre seres humanos es inhumano y todo lo inhumano es estúpido, aislar al aislado es condenarlo a vivir tras rejas, impedirle soñar, negarle el alimento para desarrollar su pensamiento, es hacerlo pensar en un mundo de enemigos e implacables fronteras en vez de un mundo abierto, fraternal, en que todos tendremos derechos, esos derechos tantas veces pisoteados por los poderosos. Negar el contacto entre dos manos es entregar el contacto a las armas, sean ideológicas, sean las de los buitres que se alimentan de la confrontación.

Lo que no pudieron bloquear es la lengua de los cubanos, no los para nadie, la desatan y es como si salieran las tormentas escondidas en lo más profundo del Caribe, para un lado, para el otro, para ninguna, con o sin dirección.

Necesitan hablar, estoy hablando de aquellos que tienen lengua. Marean, a decir verdad, no entiendo por qué te ofrecen ron a cada momento cuando basta con una conversación, y al igual que el alcohol, cuando las lenguas se desatan, van en movimiento ascendente, te arrojan de una realidad a otra para al final darte a entender que la realidad no existe y, riendo, abandonarte a tu suerte.

Rompí el bloqueo, lo que no pude romper es el bloqueo interno, eso cuesta más y es más peligroso. El bloquear al bloqueado es doblemente criminal.

No rompí el bloqueo,

es que hay muros y muros.

¿Y entre ambos muros?, me pregunté.

Al cruzar el umbral de la primera paladar respondí al *Hello míster*, con mi hermosa lengua, –hola hermano.

Pedí «un plato de lo que haya» y no muy grande, tenía que dejar espacio para las ideas.

# Los autos

Viejos, lustrosos, de brillantes colores donde irónicamente imperaba el rojo sin que el ingenuo turista se apercibiera. Las mujeres, riendo, la rubia cabellera flotando al viento se dejaban pasear por las calles de La Habana, recorrían el malecón sin darse cuenta de que más de una vez el viejo carro descapotable había sufrido tantas cirugías plásticas como ellas y que su viejo, original y arrugado techo había sido sacado a martillazos por un chapista espabilado para transformarlo en un objeto de deseo de los turistas que regresaban así al pasado y a la juventud perdida.

Las películas que veía en el cine Normandía, en Chile, donde el rayado celuloide transmitía sus cicatrices al telón al apagarse las luces de la sala, hoy regresaban del pasado en las calles de La Habana.

Reconocí el vestuario, no las actrices, Marilyn, Jane, Joan, Bette, Zsa Zsa, Mae y

Marlene sumando su voz aguardentosa. Desde las calles las observaban las sombras de Anna, Gina, Simone, Katy, y bajando de las escaleras cerrando el ocaso de los mitos, Gloria Swanson.

Tomé un taxi, no resisto el llamado de los amores de celuloide.

# Rodé por La Habana

Calles, cicatrices, parques, consignas desapareciendo en los muros como si sintieran vergüenza. *Vas bien Fidel*, le decía Camilo a Fidel en la Plaza de la Revolución. *Hasta la victoria siempre*, se alzaba el Che.

–¿Va a ver el partido de la Roja? –me preguntó un chileno, minero de Chuqui en la Plaza de la Revolución.

Le conté que en la noche del 10 de septiembre de 1973 había actuado por última vez en Chuqui, me abrazó y nos tomamos una foto para la memoria, sin nombres, sin rostros, sin fecha, para el recuerdo de... y cada uno recordaba lo suyo, yo, el 73, él, que ni siquiera había nacido para esa fecha, preguntándose qué diablos hacía un chileno perdido en esta historia y sus fantasmas cuando esa noche jugaba la rojita contra la amarillenta Colombia.

–Que ganemos –me despedí por decir algo, era de Chuqui y no quise ofenderlo diciendo que John Lennon me esperaba.

Estaba sentado en un banco de la plaza, inmóvil, la mirada perdida. A sus pies se leía: dirán que soy un soñador, pero no soy el único. El guardia que cuidaba el parque le puso los lentes, para que leyera mejor, no se dio cuenta de que los lentes no tenían vidrios.

Me pregunté si todos los lentes de Cuba provenían de la misma óptica.

John me invitó a cruzar la pierna y a que juntos nos perdiéramos en los sueños.

Hasta los pájaros guardaron silencio, y que conste, los pájaros en Cuba son como los cubanos, no paran de cantar.

Crucé el sueño, en diagonal en una esquina del parque se encontraba la Asociación Unión Francesa de Cuba, Francia, mi tierra de asilo, la tierra que me hizo conocer el amor, la tierra que ayudó a cicatrizar mis heridas.

Sonreí, me acerqué a la escalera que daba paso al viejo mundo, en la puerta, una camarera me dijo: –aquí va a probar el mejor mojito de La Habana.

John sonreía burlonamente inmóvil en su banco, con un pie borraba disimuladamente la parte del soñador.

La terraza era recorrida por una fresca brisa, y en La Habana, a mediodía una brisa fresca bien vale una misa. Dos músicos esperaban apoyadas sus espaldas contra el muro, uno de ellos con edad de ser histórico, me escudriñó con la mirada, el otro, casi histórico, hizo la pregunta de rigor, –¿de dónde nos acompañan?

Tras mi respuesta –Chile–, su respuesta –Chile hermosa tierra, la tierra de Allende – para luego preguntar con disimulo al histórico, –¿dónde queda Chile?

Con mi esposa le fue mejor: –Puerto Rico–, y se escuchó el consabido –Cuba y Puerto Rico, dos alas del mismo pájaro–. A diferencia de los Estados Unidos donde a la respuesta de –Puerto Rico– de inmediato sacan el *West Side Story* al baile.

Los viejos autos comenzaron a llegar, se saltaban alegremente a Lennon, traían jóvenes, risas, gritos, búsqueda de aventuras, sueños que no necesitaban un marco de referencia. No eran mejores, no eran peores, eran otros sueños y esos no necesitaban de la realidad.

La terraza se llenó, les trajimos suerte, me trajeron una botella de ron, gentileza de la casa, para que añadiera cuanto sagrado líquido salido de la caña fuera necesario para sacarme de París y regresarme a la tropical misa.

El histórico viajó a la prehistoria, adaptó Guantanamera a mi historia, agüé mi mojito, pero fue el mejor de La Habana.

–No –susurró Lennon–, el mejor del mundo es un ron con historia, el ron añejo sabe mejor.

María salió a bailar, María la más latina entre las jóvenes que reían y soñaban a nuestro lado, María, la madre del baile.

Se armó la fiesta. Hasta John se puso a bailar y a cantar,

Ay mamá,

de dónde son los cantantes,

que los encuentro galantes

y los quiero conocer.


Somos del mundo,

tierra soberana,

cruzamos fronteras,

vengo de la nada

y llegamos sin llegar


Guantanamera,

guajira Guantanamera

el amigo de Chile

siempre tomó el vuelo equivocado

¡Ay mamá!


Hay ciudades a las que nunca se llega, Santiago de Chile, La Habana, hay ciudades a las que nunca se llega, o se llega muy tarde.

¡Ay mamá!

Bajé rápidamente, tan rápidamente como me lo permitía el Habana Club. "Le temps des cérises" se marchitaba, hasta los escalones de la escalera se movían al ritmo de la música.

Mi señora me sujetó del brazo, –por si acaso –me dijo cariñosamente–, para que no se te desparramen las ideas.

En el parque Yoko Ono trataba de impedir que la vida se escapara del amor de su vida, John regresaba a su inmovilidad y sus sueños.

Y no era el único.

## Moros y cristianos

Sabroso quita hambre, blanco y negro acompañamiento de una ropa vieja desgranándose en mi boca e intentando escapar entre mis dientes.

Moros y cristianos, la mezcla, el mestizaje, Lulú-Marilú, muñeca negra por un lado, blanca por el otro, África y Europa, sin dominado ni dominador, moros y cristianos en un humilde plato, iguales en su tarea, mezcla de colores, pasado y presente, humilde futuro al saciar mi hambre.

Soy hambriento, hambriento de cariño, hambriento de sensaciones, hambriento de amor, hambriento en mi ropa vieja vistiendo mi viejo cuerpo entregándose a moros y cristianos.

–¿Con qué lo acompaña? –me sacó de mis pensamientos el mesero.

¿Daiquirí? No. ¿Mojito? Tampoco, había desayunado con mojitos. Cerveza no tenían, agua, mi estómago se retorcijó recordándome el peligro.

–¡Una Cuba libre!

Cincuenta años más tarde, una Cuba libre, solitaria, triste, me miraba burlonamente desde la humilde mesa. Hasta las herrumbrosas y duras sillas de metal me decían: –deposite sus asentaderas, y usted perdone, hace cincuenta años éramos iguales de duras, pero sus asentaderas como que eran un poquito más rellenitas.

–Debe haber sido por aquello de la esperanza –les respondí.

# Espejismos y realidades

El edificio era imponente. Descascarado, vientre abierto, venas abiertas en el cemento, desgarrándose, parte del suelo destruido, su techo dejaba penetrar las estrellas. No eran ruinas circulares, eran ruinas verticales como las bellas y altas puertas de caoba que daban acceso al conventillo donde vivían alrededor de cincuenta familias. En la entrada, a la izquierda, un tubo sobresalía de la tierra cortado a ras de suelo para ocultar su vergüenza. Venía de las profundidades de la isla, boca negra y cerrada, desdentada al igual que la sonrisa de los cubanos, boca enigma que guardaba sus secretos y se negaba a los labios del sediento.

–Es el agua –me explicó la mujer–. Hace meses que no llega, dicen que están haciendo reparaciones para que llegue mejor y menos contaminada, que es un avance, pero no llega, por eso huele feo, no llega. No, no a todos lados

–se adelanta a mi pregunta–, no todo huele mal en La Habana, siempre somos los mismos los malolientes, olemos a sudor, olemos a trabajo, olemos al sol ardiente que arranca sin piedad el agua de nuestro cuerpo.

Como usted ve, no todo es poesía.

El tubo permanecía en silencio, una compañera, la de vigilancia de la nueva era, lo vigilaba. Si por su boca aparecía el precioso líquido, conectaban una manguera, traían una bomba para acelerar su llegada y comenzaban a llenar recipientes. No quitaba el mal olor, pero calmaba la sed y calmaba la impotencia.

Una rabia agridulce comenzaba a sumarse al mal olor, y mal olor rabioso suele ser una mala combinación para los gobernantes.

En la Plaza de la Revolución Camilo y el Che se taparon las narices.

En un costado de la plaza, en el edificio de gobierno, cerraron las ventanas.

## ¿Eran moros o cristianos?

El edificio del frente lo habían habilitado como hotel, limpio, sin olor, alargando sus ventanas, sus brazos, a la realidad, intentando mojar los pies de sus enormes puertas de madera en el agua que escurría del negro tubo. Había llegado agua, no por mucho tiempo, pero llegó por unos momentos.

El reluciente edificio se relamía y el olor por más que se perfume se impregna, se adhiere, surge potente, ardiente, imbatible, avanza, sin detenerse avanza, cual el pueblo, el mal olor avanza.

Unos turistas salían riendo, dejando atrás las hermosas puertas.

¿Eran moros o cristianos?

Los de enfrente, aquellos que me abrieron paso a la miseria, a sus cuartos, a su alma, los miraban, no con odio, no con envidia, no con rencor, simplemente los miraban, y con eso bastaba.

Me dolieron hasta mis zapatos.

La Habana se achicaba cual si los muros de piedra se hubieran encogido, cinco personas, la abuela, su hija de siete años, su hija adolescente y la hija de siete meses de la niña adolescente, su nieta, más el marido, tres generaciones vivían en una de las piezas de las ruinas de grandeza, al final del patio, a la izquierda, en una pequeña habitación no más grande que mi celda en la cárcel de Rancagua.

La diferencia estriba en que a mí me obligaban y ellos no tienen otra alternativa, en que nosotros reíamos para ahuyentar el temor, ellos sonreían por lo que el pueblo cubano sonríe. Ello no quiere decir que acepten o estén resignados, ello quiere decir que en el trópico no se sobrevive si se vive amargado.

En la cárcel tampoco.

Habían dividido el pequeño cuarto en dos, transversalmente y perpendicularmente, transversalmente les hizo un dúplex, en la parte de arriba, cercana al techo dormían el matrimonio joven y su hija, en la parte inferior la abuela-madre, no la mamamadre de Neruda, una joven mulata que era abuela.

La planta baja la dividieron en dos, pegada a la muralla la pequeña cama que compartían la abuela y su hija de siete años, la otra mitad, servía de comedor, o sala de estar, o sala de juegos gracias a su televisor, o espacio para invitados cuando le dejaban sus sobrinos para que los cuidara.

La cocina se deslizaba oculta, ardiente, clandestina en un rincón del patio, la parte colectiva del conglomerado de las cincuenta familias.

La pieza era la parte individual, la propiedad de la familia, eran los míseros metros que conferían dignidad. –No, no es del Estado, es nuestra –y orgullosamente paseaban la vista por su propiedad–, es nuestra y la podemos permutar si encontramos alguien que la desee, y la podemos vender, ahora la podemos vender.

Si usted quiere se la vendemos, fíjese en el mármol, es de Carrara.

La Habana se me achicó y se me apretó el alma.

La destruida escalera de mármol hería la vista. Su hermano, un bloque salido de la misma cantera en Carrara se había entregado al arte y sobrevivió, el de la escalera se había entregado al lujo y lujuria en lejanos tiempos y hoy, herido de muerte, hería los pies de los niños que jugaban en ella.

Las escaleras de La Habana, las escalinatas de mármol de La Habana, sucias, brillantes, agresivas, caricia de jinetera desencadenando el deseo en los pies, subiendo, bajando, escapando del pasado, sufriendo el presente, y entre ellas, en la fosa infinita, mi futuro.

En la noche, en el Vedado, casetas de comida bordeaban el mar, lechona, moros y cristianos, cubanos y resto del mundo, resto del mundo y cubanos, todos unidos por el olor, el hambre, no esa, el hambre de amistad.

Se desataron las lenguas.

Una hermosa pareja se nos acercó, proponían intercambio, no de ideas, del otro. Me acordé de García Márquez.

La música estremecía el aire, los tragos eran pueblo, no eran turismo, eran alma y sangre, sabían distinto.

Me emborraché.

Tenía el alma mareada de recuerdos, vapores de antaño que oscurecen el pensamiento, pero traen de regreso los sentimientos. La noche caía sobre La Habana.

Debí haber aceptado el cambio.

## Al tercer día resucitó de entre los muertos

Fue en el cruce entre Cuarteles con Monserrate. Cruzó la calle. –Buenos días, quiero advertirles que no pueden cambiar fuera de los lugares autorizados.

Será de Washington

será de La Habana

¡Ay mamá!

Involuntariamente moví mis pies, y La Bella sus caderas.

–Al comprar agua –continuó–, fíjese que le abran la botella delante suyo, la otra no se puede beber y algunos malos ciudadanos rellenan las botellas vacías.

No dijo nada del hielo de los mojitos o de los daiquirís o de los helados.

–No puede comprar cigarros fuera de los lugares de venta autorizados. La Habana es el lugar más seguro del mundo, les puedo garantizar que nada les va a pasar, no soy policía, soy del Partido.

Como aún el canto del mar se paseaba en mis oídos no estoy seguro si dijo soy *del*, o soy *el*, o si existe una diferencia.

–Responsable de seguridad de este sector de La Habana vieja –resonó en mis oídos–, estamos desplegados por lo que han llegado muchos agentes americanos para difundir mentiras sobre la revolución. Andan observando, haciendo preguntas y hablando.

Yo acababa de salir de una de mis escaleras, el edificio que las justifica y las almas que las habitan y los tres me hablaron. Me sentí como observado. Siempre mis escaleras, mis espirales tienen dos sentidos y nunca sé para dónde voy y dónde se encuentra Beatriz.

El mármol explotaba en mil pedazos en mi cabeza. Aquellos que me habían abierto sus piezas, su corazón, me observaban con tristeza; el otro, con una mirada que regresaba de mi pasado. Sobre su pecho lucía orgullosamente una chapita a modo de condecoración. En ella se leía: *soy Fidel.* Estuve tentado de preguntarle, ¿pero que no se había muerto?

Hablé, traduje su lenguaje a tiempos modernos, adapté el mío a tiempos antiguos y me lancé al vacío y a los recuerdos. Más me adentraba a mi pasado, más me alejaba de la realidad, más contento estaba el compañero, si hasta se emocionó, me abrazó, el cuerpo, no las ideas.

Que si no me jodo.

Regresé, regresé al tiempo de la esperanza, del triunfo de la revolución, de la entrada de Fidel a nuestras vidas, el vivo, no la chapita. En el viaje al pasado lo encontré y pude hablar con él, no Fidel, con él, el Partido.

Me tomó una foto frente a la sede de la Federación de Mujeres Cubanas Vilma Espín, algo se avanza. Me contó que eran pocos los funcionarios, que la selección era rigurosa, que había que prepararse, que tenían ciertas garantías. Prueba de ello, me regaló la mitad de los habanos que le había dado el Partido, 25 cigarros, para que el humo de los principios me envolviera.

Era tierra de principios y santería.

–Nos vemos, compañero –se despidió.

Quité un escalón a mis escaleras, –chao compañero –contesté mientras escondía el escalón donde él no pudiera encontrarlo.

–Y era de Carrara –me dije con cierta nostalgia.

## Esculturas

Mujeres de frío mármol, de calientes curvas, mujeres del silencio encerrando un grito de amor, mujeres acariciado su cuerpo por las manos del escultor, herida su piel por el cincel, su alma escondida esperando entregarse a él, a ella, aunque fuera por cinco minutos, la vida es eterna en cinco minutos.

–Estaba enterrada en el jardín, en el patio del palacete del Conde O'Farrill, en la calle Cuba, apareció cuando remodelamos.

El palacete primero fue expropiado, luego sirvió de oficinas, más tarde de vivienda para algunas familias, después era inhabitable y finalmente se decidió recuperarlo para transformarlo en hotel de lujo, cinco estrellas, con 35 cuartos, nos dijeron.

–Como ve, la revolución avanza.

–¿Qué pasó con las familias?

–Fíjese de dónde viene, ¿o ya se le olvidó que cruzó la calle?

Rescatada del fondo de la tierra, la escultura estaba en el centro del hall de entrada, recostada libidinosamente, la mirada perdida, las piernas entrecruzándose o abriéndose, bloqueando o insinuando, desparramando deseos o compasión dependiendo si era el Conde que la tocaba o sus esclavos que la devoraban con sus ojos.

Tenía cicatrices sobre su cuerpo, alguien la violó, #metoo, se escuchó saliendo silenciosamente de sus labios. La hermosa escalera de mármol salía de entre sus piernas y remontaba hacia los aposentos, las cicatrices quedaban desparramadas en los escalones.

Nuevas heridas se abrían en los cuartos.

En el edificio del frente, las ruinas verticales, las heridas luchaban para remontar el primer escalón. Por los hoyos de los muros escapaban las conversaciones. Al igual que en la Praga del 68, en La Habana vieja las lenguas se habían desatado, sin vergüenza, sin censura, sin temor, valientes, desafiantes, esperanzadoras, sin provocar, y que el de seguridad escuche, más aún, ojalá que escuche.

La tormenta incuba, in-cuba, si es que las lenguas arcaicas, a uno y otro lado del mar desaparecen en el fondo del mar, pierden cabida en el presente y se transforman en lodo, lodo estéril deshaciéndose en el pensamiento.

¡Ya verán!


Mamá yo quiero saber

de dónde son los hablantes,

que los encuentro galantes

y los quiero conocer

con su hablar vacilante

y yo quiero aprender.

Serán de La Habana,

tierra soberana

son de la loma

cantan en el llano

ya verás

ya verán

ya los escucharán.

Me alejé cantando

cantando pasado

cantando presente

cantando futuro.

¡Ya verás!

¡Ya verán!

Me sentí habanero persiguiendo la felicidad.

En la Plaza de la Revolución alguien vendía algodones para los oídos, sin embargo, en el pasado escucharon, incluso en medio del sonido de las armas escucharon, desde la Sierra Maestra escucharon, y el clamor subía y ellos bajaban, y se abrazaron.

¿En qué momento se taparon los oídos?

¿todos?

¿algunos?

Mamá yo quiero saber...

En el mar el algodón se deshacía en los oídos de los balseros, en La Habana vieja aumentaba el volumen del pensamiento.

## Al tercer día toque la campana...

...acompañado de un Habana Fresh.

Cruce el bar, toque tres veces la campana, solamente tres campanadas, y pida un deseo, no se lo diga a nadie para que se cumpla. Luego vaya a la barra y pida un Habana Fresh, tiene tres colores, los colores de la bandera.

Era el bar del Che.

Me pregunto qué pidió Ernesto Che Guevara, y si su deseo se cumplió, o si se lo contó a Fidel.

Yemayá no me dio la respuesta, y eso que acababa de salir del museo de Bellas Artes donde entré para conversar con Wilfredo Lam.

A su entrada, una barca me recibió, una barca en el suelo hecha de pequeñas embarcaciones, de zapatos recuperados del mar, de muñecas, sueños interrumpidos de niñas, sueños descabezados, una billetera vacía, cadáveres dispersos, náufragos de esperanza, despojos de la humanidad, cientos de balsas hundidas en el mar de la desesperanza.

El nombre del autor lo habían arrancado, quizás se lo llevó otra tormenta, en un rincón una escoba esperaba la señal para iniciar la limpieza.

Me traje las barcas y los muertos en mi corazón, hasta que la muerte nos separe.

Subí otro escalón, Wilfredo me esperaba.

Los demonios escapaban de la cabeza de los personajes de sus cuadros, los demonios poblaban mi cabeza, los demonios danzaban en el aire invitándome a abandonar la realidad y dejarme penetrar por la fantasía.

Una diablesa sostenía en sus rodillas a un bebé, ¿La Pietà?, ¿La Maternidad?, el bebé tenía cuernos, el amor de madre recorría la galería, mis demonios buscaban un momento de reposo, un momento de piedad.

Serpientes, lanzas, caballeros, caballos clamando dientes desnudos su dolor al cielo, Guernica renaciendo en el dolor de los esclavos, los pinceles se entremezclaban desafiando la muerte, reclamando el derecho a vivir.

En el primer piso las olas, la brisa y los pasos de los visitantes barrían los restos de los balseros, el cadáver flotante de una niña que regresó del más allá sin cabeza, los caballos de Wilfredo y Pablo gritaban al mundo su dolor; la niña, a la niña sin cabeza hasta ese derecho le fue negado.

Los restos seguían flotando, ¿era el esclavismo?, ¿era el socialismo?

La música torturaba mis oídos mientras intentaba recuperar las últimas palabras de esos labios sellados por la historia.

En el segundo piso Fidel llamaba a la zafra de los diez millones.

–No alcanzamos la meta, pero no fue una derrota, éramos muy pobres y creíamos, mis padres creían. En un descanso de los machetes hicieron el amor en los cañaverales y me concibieron, yo soy fruto de los diez millones, no fue una derrota, a veces me siento culpable por no creer como ellos, por pensar que si no hubieran parado para dar paso al amor quizás hubieran alcanzado los diez millones. ¿Quién sabe?, es que eran tan pobres – se excusó la que cuidaba la galería sonriéndome desde su boca desdentada.

Me va a tocar cerrar el tercer día en el Buena Vista Social Club.

–Otro daiquirí, compañero.

–Un CUC por el *Granma*, solamente un CUC, es para ayudarme a comer, compañero.

Un pasito para adelante

otro para atrás

suelte las caderas

déjese llevar

la música le va a devolver el ritmo a su sangre.

No mire sus pies

déjese llevar

¡otro daiquirí, mierda!

que me ahogan los recuerdos.

# Buena Vista Social Club

*El mejor espectáculo de La Habana, los mejores intérpretes de la música cubana, los clásicos, reciban con un fuerte aplauso a una de las vedettes del Tropicana.*

Me emocioné, hermosa, con un vestido azul cual el cielo que cubre Cuba, cual el mar que baña Cuba, cual el azul de la bandera que flamea sobre la cabeza de la estatua de Martí en la Plaza de la Revolución. Ajustado al cuerpo cual tarjeta de racionamiento –cuatro huevos, un cuarto de kilo de pollo– los brazos acompañando el ritmo, las caderas sobrepasando los brazos, zapatos plateados brillantes, de tacón alto, *reciban a Mayra Mitchell.*

El Tropicana revivió ante nuestros ojos, cantaba, bailaba y logró recorrer la pasarela ofreciendo el viejo y gastado sueño, 80 años regresaban desde antes de la Revolución, 60 años regresaban desde la Revolución, el amor y los mitos se desparramaban por la sala con su aroma agridulce.

¡Ay mamá!, orgullosamente mostraba sus senos, sesenta años y apuntaban al porvenir, al pasado y al cielo.

*Soy cubana*, resonaban los timbales, *soy cubana* arrojaba al aire la trompeta, *soy cubana* gritaba la próxima vedette, hoy una adolescente, *soy cubana*, cantaron las chilenas, las argentinas, las puertorriqueñas en la audiencia.

Soy cubana, me enrostró la muñeca sin cabeza flotando en el mar Caribe.

Abrí las ventanas, era el reino de la música y necesitaba embalsamar mi cuerpo de canciones.

*El cuarto de Tula*

*se cogió candela*

*se quedó dormida*

*y no apagó la vela.*

En La Habana vieja

se ha formado la corredera

se ha formado la corredera

no se encuentra agua

y nadie apagó las velas.


¡Ay mamá! ¿que pasó?

# El malecón

El mar, amo el mar, el mar me encierra, el mar me abre horizontes, me acaricia, me ahoga. En un océano de multitudes me permite ser una isla y ser uno y el ser uno me permite soñar y ser muchedumbre.

Cuerpos de jóvenes, de amantes sentados sobre la gastada piedra, mullida cama de nuevos amores, la mirada perdida en el horizonte mirando el futuro o la costumbre.

El malecón, encuentro de piedra y agua, batalla de tiempos inmemorables, el agua tallando la piedra, la piedra resistiendo, el agua lentamente avanzando, suavizando, se abre camino, la piedra resiste, se entrega, se deja penetrar mientras los amores observan.

¿Quién ganará?

# Cuarto día: La Habana, universidad abierta

Profesionales, a cada pregunta por una dirección, aunque la dirección no existiera, para que el contacto durara más, y perdónenme los cubanos, una avalancha de respuestas, las calles desaparecían de nuestra vista, no era buena vista, sí era social, no era club, era dolor y la nueva profesión.

La universidad la encontré en la calle, todos profesionales, cierto, falso, a quién le interesa, a veces eran profesiones para adaptarse a la víctima, perdón al preguntón, a veces eran ciertas, abogada, hoy mesera, geólogo, hoy sacando minerales de poca ley de los bolsillos del interlocutor.

Interlocutor no es la palabra adecuada, del escuchador, si es que se sabe escuchar.

*Somos la ciudad más segura del mundo, la universidad es gratuita*, y es cierto, estudian, lo que no se sabe es para qué, ¿para el futuro?, ¿para ganar o perder el tiempo, pensando quizás en el pasado, quizás en el futuro, quizás en que el tiempo pasa mejor cuando se sueña, cuando se aprende, cuando...?

Tras el socialismo, primera fase, etapa inferior del sueño, etapa de sacrificio, viene la construcción del comunismo, etapa superior del sueño donde no existirán las clases sociales, ni la propiedad privada de los medios de producción, donde cada uno recibirá de acuerdo con sus necesidades.

Igualdad, divino tesoro, repetía Lenin. En La Habana vieja se hacía cola, tarjeta de racionamiento en mano. Había venta de pescado, venta libre de pescado, un pescado por familia, la cabeza para los solteros, la cola para la tercera edad.

¿Y tras el comunismo?, me pregunté, haciendo la cola para los huevos.

–El capitalismo –respondió una voz abriendo las puertas de la universidad de las calles–, y luego volvemos a comenzar, la revolución es permanente, ya lo dijo Trotsky, es eterna. ¿Quiere un taxi? Lo llevo.

Y el abogado comenzaba a pedalear en su bici taxi.

Soy de teatro

teatro soy

y me molestan los decorados de cartón piedra: Los conocí en Bulgaria, los conocí en la RDA, los conocí en Francia y en Chile.

En los Estados Unidos son de plástico imitando cartón piedra.

¿Progreso?

La universidad es para tomársela, para abrazarla, para hacerla cambiar en el amor, para derrumbar barreras, para decir no, no quiero repetir, quiero ser solista y no coro, no quiero ser modelo, quiero ser viento salvaje, río fuera de cauce, quiero ser mar tormentoso para no llegar a puerto, su puerto, vuestro puerto, quiero ser náufrago en el intento de aprender para que mañana cuando llegue a mi puerto alguien lo derribe y me devuelva a las aguas tormentosas de la vida.

–¿A dónde lo llevo? –insistió el abogado taxista–. Tenía prisa, como el lustrabotas de *América, América* de Elia Kazán.

–En el pedalear no hay engaño, me gano la vida con mi esfuerzo, me limpio el sudor con una desgastada toalla y mientras pedaleo repaso el código romano. Me seco el sudor y pedaleo, el calor hace que nadie se dé cuenta de que no estoy sudando, y paso disimuladamente la toalla por mis ojos. Paso por el borde del mar y miro con disimulo el horizonte.

La muñeca sin cabeza le susurra desde el fondo del mar, *allá también vas a pedalear, secar el sudor sin sudar mirando de reojo el mar, pero en la otra dirección.*

–¿Necesita un taxi? –volví a escuchar–, por lo menos deme un peso para comer, colabore, lo llevo a una paladar, la mejor de La

Habana vieja, si reserva, ellos me dan un plato de moros y cristianos, mi comida del día.

Pagué la reserva, pero no volví; se me quitó el apetito.

–Lo acompaño. ¿Sabe cuánto gano? ¿Cree que alguien vive con eso, que alguien come con eso, que alguien ríe con eso? Vivo con mi madre, está enferma, lo invito a ver cómo vivo, suba a conocer a mi familia. Un peso setenta y cinco, con eso compraré un cuarto de pollo, gracias, muchas gracias, yo no pido limosna, es la necesidad. Suba, lo invito a un café.

Lo tomé sin azúcar.

La calle, la universidad de la vida los había titulado. Los que no se doctoraron piden sentados en la calle, los con magister cuentan cuentos, los doctores sirven de guía.

En efecto, Cuba es muy seguro, nadie lo va a asaltar, van a asaltar su pensamiento y sus sentimientos.

–Ayúdeme, un peso para comer.

Y no son mendigos, lo juro, no pueden ser mendigos, a lo mejor piden un peso de comprensión, un peso de amistad, un peso de revolución. Los cubanos tienen dignidad, se lo aseguro.

–El *Granma* por un peso, ayúdeme –me pedía la vendedora de periódicos.

Me pregunto si en Chile estarán vendiendo *El Siglo*\* por un peso...

Ayúdeme usted, compadre, deme un peso para comprarle el *Granma*.

¿*El Siglo*?, eso era el siglo pasado.

*El Siglo*: diario del Partido Comunista de Chile

## Pa' Varadero me voy

Al quinto día salí para Varadero, las playas más hermosas de Cuba, el paraíso del turismo. Dejé La Habana vieja, aunque La Habana vieja se lleva en el alma, no se deja.

A la hora del desayuno, 21 cañonazos resonaron en mis oídos, mi cuerpo tembló en recuerdo de otros cañonazos, pero esta vez eran en homenaje.

Soberbio salí al balcón a recibir al pueblo que reuniría respondiendo al llamado de los cañonazos, amor de Cuba a la literatura, pensé. La geóloga que servía el desayuno me trajo de regreso, –venga que se le enfría el café y no tema, no es un desembarco, hoy es el aniversario de Maceo, por ello los disparos.

Agarré mi maleta, el computador y los papeles de mi intervención en el congreso, abajo esperaba Yuri, moderno astronauta en su auto, un Ford del 55. La agencia me había asegurado, *es un taxi con aire acondicionado,* y era cierto, Yuri bajó las cuatro ventanillas del auto, el aire circulaba alegremente entre los pasajeros.

Al cargar, Yuri reconoció el internacionalista proletario y me dijo: –no diga cuánto le cobré, a las muchachas, dos suizas, les cobré el doble.

Soy del pueblo

pueblo soy

y junto al pueblo

siempre estoy,

guardé el secreto.

Yuri volaba más bajo que su homónimo, pero soñaba con volar sobre las estrellas, en tierra, frente a nuestros ojos, se desenrollaba la carretera al ritmo de la lengua de Yuri.

A la izquierda el mar, a la derecha filas interminables de henequén, oro verde, planta que hasta el día de hoy deshilachan y con su fibra hacen bolsas y cuerdas, cuerdas de las *buenas*, de esas que no se rompen, de esas que amarran los sueños. Con suerte, a veces toca una hamaca para adormecer los sueños.

–El auto es mío, pago derechos y me permiten hasta doce viajes al aeropuerto para recoger pasajeros, doce al mes, ¿se da cuenta? Hasta en Cuba el mes tiene más de doce días ¿y yo qué hago con el resto? A veces me llaman clientes que vuelven y no puedo ir a recogerlos, y yo pago derechos y los derechos son por el mes, de esos de treinta días.

Así no se progresa, y yo quiero progresar, arreglo mi auto, lo lavo, lo reparo y cuando no consigo repuestos quedo varado y el mes ahí tiene treinta días, treinta días parado o trabajando, al mes le da lo mismo, a mi casa no, a mis hijos no, a mi estómago no.

Afortunadamente ustedes van a un hotel al que me dejan entrar, hay otros en que no me permiten llegar con el auto hasta la puerta, y mis pasajeros son los mismos, y yo necesito trabajar y me da vergüenza decirles, hasta aquí nomás llego, no me dejan entrar porque piensan que puedo recoger a alguien de vuelta y por más barato. Yo también quiero vivir, yo también quiero progresar.

No soy político, yo tengo los pies en la tierra, no como el otro Yuri que se la pasaba en el espacio dando vueltas a la tierra.

Y riendo como buen cubano añadió: –aunque quizás allá arriba, lejos de la realidad, se progresa mejor. Y si me permite una broma, a nuestro nuevo presidente le llaman televisor sin comando –y se largó a reír rumbo a Varadero, las playas de ensueño.

Aceleró.

# Disparen sobre el pianista

Comenzó el congreso, yo leería el primer día, trabajo de escritor. Temblé, en mi intervención hablaba de la censura, y la censura la conocí en carne propia, no sabía cuál sería la reacción de mi audiencia.

Había pasado por el mercado, los tomates estaban a un precio prohibitivo, me tranquilicé y me alegré de, desafiante, haberme puesto una camisa blanca. Camisa blanca, zapatos rojos, por si acaso.

Hablé, hablé de creación, hablé de las fuentes de la creación, cité a Ai Weiwei, un disidente chino, en un país donde la disidencia se paga, se paga con el silencio, un silencio atronador que ahoga la voz.

Hablé de Evstuchenko, quien fue condenado al desierto editorial, las puertas se cerraron para él, las mentes se abrieron para sus lectores. Veintiséis años más tarde su voz volvió a surgir de las profundidades, vibrante al igual que surgiera en el 68 en el anfiteatro de la universidad más austral del planeta en Valdivia, Chile.

Hay momentos en que lo subterráneo es lo luminoso, en que la oscuridad ilumina, en que la falsa luz ciega, en que la certeza no existe, que la duda es el norte.

De todo eso hablé mientras las sombras me envolvían, sin embargo, estaba contento, el velo del templo se rasgó, en primera fila una rubia me sonreía, a su lado mi señora me advertía: ojo, recuerda a Vargas Llosa.

*¿Que no era García Márquez?*, la duda me invadió y al diablo el verbo, esta vez quiero certeza.

Al terminar me abrazaron, me salvé, una vez más no habían entendido, o me entendieron muy bien, en Cuba la mágica, tras cada santo se esconde un oricha.

Al caer la noche una imagen, boca abajo, Oscar Alberto Martínez, 45 años.

Abrazado a su cuello se veía un pequeño brazo agarrándose a la seguridad del padre, boca abajo un pequeño cuerpo medio escondido en la camiseta de su padre, medio desnudo en la camiseta de su padre, sujeto a la vida, a la muerte,


galopa, papá,

galopa, papito,

estamos llegando.

Era Angie Valeria,

23 meses de edad


*las damas van al paso*

*los caballeros van al trote*

*y los jinetes al galope*

*galope, galope*


los miserables

nadando hacia la muerte,

al galope,

galope

galope,

se los lleva la corriente,

estaban cruzando el río Bravo.

Los cadáveres aparecieron, boca abajo, a pulgadas del sueño de una mejor vida. Dos meses esperaron por sus papeles para pedir asilo en la frontera entre México y los Estados Unidos. Habían logrado llegar desde El Salvador, se desesperaron, querían celebrar el segundo cumpleaños de la bebé en la tierra de las oportunidades.

Intentaron cruzar a nado el río Bravo.

Angie Valeria pasó su bracito por el cuello de su padre para abrazar a su salvador. El otro Salvador, la tierra donde nació se sumergía en la violencia.

En el fondo del agua, en las profundidades del río dos niñas se juntaron, la cubana sin cabeza que apareció flotando en el Caribe, Elvira, la salvadoreña, la cara pegada a la espalda de su padre, ambas sin cabeza, ambas sus sueños truncados.

23 meses, 23, casi la edad de mi nieta.

Una escapó de la violencia, la otra, de la no violencia, una soñó, la otra soñó, ambas pudieron jugar un día, jugar juntas con mi nieta, las tres diciendo, *es mi turno, ahora me toca a mí*, es mi turno de soñar.

Mi nieta deslizándose por un tobogán, Elvira agarrada de la seguridad que ofrece el padre, la niña cubana sin cabeza, el cuerpo en La Habana, la cabeza y los sueños navegando en alguna parte esperando que Caronte las reúna.

Es mi turno de soñar.

Lloré.

–Es tu turno de llorar, Abu,

llora.

¿Mejor?

La noche caía en Varadero, la noche reinaba en los Estados Unidos, la esperanza se ahogaba en la frontera.

¡Ay mamá!

de dónde son los cadáveres

que los encuentro...

# Segundo día en Varadero

Le brevedad imperó en el congreso, en tres minutos aprender, enseñar, pensar –perdón– enseñar, aprender, transmitir, transmitir, transmitir, cuestionarios que no cuestionan, esquemas que no se salen del esquema mayor, del orden establecido, el tiempo pasó, el tiempo no se remonta, la calidad, la igualdad se aleja.

Y sin embargo buscan, conversan, intercambian, aprovechan cualquier resquicio para mirar más allá del muro, la poesía se deslizaba entre los asientos, uno que otro comisario vigilaba, la palabra surgía brillante, opaca para que no la descubrieran, potente y maleable, la palabra era contradicción en las mentes.

Había esperanza.

De esperanza vive el hombre,

afortunadamente los daiquirís eran ilimitados.

# Matanzas

La ciudad de los puentes. Para llegar a ella cruzamos el puente más alto de Cuba. Me pregunté cómo serían los más bajos, pero bueno, cada uno tiene la altura que quiere, lo importante es que es un puente que se cruza, que une, que se puede cruzar en cualquier dirección, y que, si se cae, el pensamiento no se da muy duro.

Cuba sorprende, una ciudad de puentes es un sueño, es un mensaje a la humanidad, un canto de esperanza en un mundo en que en los Estados Unidos un presidente sueña con construir barreras para impedir la entrada de aquellos que huyen de la violencia y en que en Venezuela otro presidente bloquea los puentes para impedir la salida de los que huyen del hambre. En ambos lados están los destructores de puentes, aquellos que quitan la razón de ser a un puente, los reyes de las barreras, y en el fondo desean impedir la entrada del pensamiento, la circulación del pensamiento escondido bajo el hambre, bajo el miedo.

En Matanzas en cambio el pensamiento crece, se pasea en la histórica ciudad, rebota en sus muros, se vuelve papel, se vuelve imagen en el papel, se vuelve letra en el papel, se vuelve amor deslizándose del papel.

mamá yo quiero saber

de dónde son los escritos

que los encuentro emocionantes

y los quiero poseer

En el segundo piso, estudiantes leían sus trabajos bajo la mirada protectora de sus profesores, en el segundo piso los profesores miraban a sus estudiantes bajo la sombra vigilante del compañero que redondearía, que sacaría las conclusiones escritas de antemano al igual que las conclusiones de los congresos de antaño.

La rubia de Varadero se encontraba en la audiencia, había ganado otra medalla de oro y olímpicamente comenzaba su doctorado. Me sonrió.

Estaba rodeado, rodeado de libros hechos a mano, no más de 200 ejemplares, artistas los ilustraban, uno tras otro, con cariño, la imagen y la palabra, las ventanas abiertas, las puertas abiertas, el mundo entrando y saliendo, "La Vigía" vigilando que nadie cerrara una puerta.

Abajo leían mis poemas, mi manuscrito se quedó, me abandonó para escapar por las ventanas, por las puertas y salir al mundo

200 en fila india, uno a uno, desde la masacre a conquistar el mundo.

Gracias.

# Radio Rebelde

En la mitad de la escalera me detuvieron, quedé en equilibrio suspendido entre dos tiempos. *Soy corresponsal de Radio Rebelde, quiero hacerle una entrevista.*

En mis oídos resonó cual música celestial: *Igual que tú, igual, igual que tú, yo escucho radio Moscú,* con las últimas noticias de Chile en combate contra la dictadura. En mis oídos resonaron las primeras cuatro notas de la quinta sinfonía de Beethoven, *ta ta ta taaan,* punto punto punto raya, la V de victoria en morse, para luego, directamente desde Londres, entregar mensajes a los guerrilleros en Francia, *aquí radio Londres, los franceses hablan a los franceses* hasta el día que leyeron al poeta, el día D. En mis oídos resonó Radio Rebelde, emisora fundada por el Che, *aquí Radio Rebelde, la voz de Sierra Maestra transmitiendo para toda Cuba el avance de Fidel y los guerrilleros.*

En mis oídos resonó en medio de la metralla Radio Magallanes, *seguramente esta será la última oportunidad en que pueda dirigirme a ustedes... trabajadores de mi Patria, tengo fe en Chile y su destino...*

En mis oídos resonó la Segunda Declaración de La Habana, Fidel dirigiéndose al pueblo cubano y al mundo *Porque esta gran humanidad ha dicho ¡basta! y echado a andar.*

Se me borró la película y me vi dando la Tercera Declaración de La Habana, incluso me había comprado una boina con la estrella roja, pero era Matanzas y no La Habana, y era yo y no Fidel, a los 16 minutos me quitaron el micrófono, justo en el momento en que comenzaba a desenrollar la lírica revolucionaria.

En la Plaza de la Revolución, los compañeros comenzaron a desarmar la tarima.

# De cómo conocí la historia de la verdadera muerte del Che

Caminaba por la calle Obispo rumbo al Floridita a tomarme un daiquirí, las jineteras asaltaban mi mente y mis bolsillos, no lograba distinguir si eran descendientes de aquellas que dieron a Cuba el nombre de prostíbulo de América Latina, aquellas que fueron liberadas cuando Fidel entró a La Habana, o si eran producto de los sesenta años de la Revolución, o un espejismo de un capitalismo derrotado.

Desde un lado de la calle las librerías detuvieron el asalto, castillos de papel atravesando el tiempo, olor a tinta fresca y a moho, páginas que sortearon la censura, páginas escondidas que emergieron de la espuma de las olas, letras caminando lentamente para dejarse acariciar por los dedos del ávido lector, párrafos que miraban con una cierta ternura a los infaltables afiches del Che que dejaban los muros para ir a morir en el fondo de las maletas de los turistas, no de los viajeros, de los turistas,

muerte artera.

Más de un libro temblaba ante la posibilidad de caer en erróneas manos, dedos analfabetos que marcaran sus primeras páginas, pero incluso un dedo analfabeto es un placer, se consolaban.

Lejos, un escritor temblaba, el frío del daiquirí remontaba por la nariz a su cerebro, agujas vengadoras que apartaban los malos pensamientos.

Una vez más enfrentado a la elección. Cuba es un país de elecciones, me repetía, contemplando el billete desde donde el Che me miraba, el Che miraba desde mi mano el contenido del libro, ¿novela, poesía, historia? Historia no, esa se paseaba por las calles de La Habana vieja, se deslizaba por los muros, se resbalaba por las escaleras de mármol, era capturada por la red de alambres pelados que llevaban la luz a los cuartuchos, apagaba los sueños de los más ancianos, iluminaba los sueños de la niña sin cabeza.

La historia me hacía doler los huesos y el alma.

Una voz me sacó de la duda, –yo estaba ahí, soy testigo, le voy a contar la verdadera historia de cómo murió el Che.

La voz no tenía la edad que correspondía, pero no importa, estaba acostumbrado a conversar con los fantasmas y los fantasmas no tienen edad y se desplazan sin fin por la historia y el tiempo.

–Al Che lo traicionaron, viajé a Ñancahuazú, a la escuelita de la Higuera, escuché en la puerta: «saluden a papá».

Papá era Ramón, Ramón era el Che, los huérfanos éramos nosotros.

–Lo traicionaron –continuó el relato del testigo.

Pensé en Mario Monje, el secretario del Partido Comunista boliviano quien le negó el apoyo logístico a Guevara, por eso de *quién manda aquí* en una época en que el quién manda se encontraba en lejanas y frías tierras. Le negó el apoyo sabiendo que significaba la muerte, tras la negativa, Mario continuó tocando el piano.

A Mario se le secó un brazo y la sinfonía quedó inconclusa.

—No fue él —dijo la voz—, fue un cubano, su mejor amigo.

Temblé, la leyenda negra del Caribe; Fidel, por eso de *quién manda aquí.*

—No, fue su mejor amigo, entró a la pieza donde reposaba el Che, pistola en mano.

¡John Wayne!, John Wayne se metió en la película, y yo adoro las películas de pistoleros, lo que no me gusta es cuando el héroe muere a la mitad.

—No, no era Wayne, a mí también me gusta —dijo el cubano—. Era su mejor amigo, le apuntó y le dijo: «vengo a matarte». El Che se echó a reír. «Baja la M2 que se te puede disparar el cargador».

–El mejor amigo lo miró a los ojos, «me dieron la orden de matarte», cerró sus ojos y disparó.

–El Che murió los ojos abiertos, sin entender.

La voz se alejó rengueando por la calle Obispo perdiéndose en la muchedumbre. Corrí tras el eco para verle la cara y descifrar el misterio de la segunda muerte del Che.

Sentado en la vereda, un anciano, Mario Terán, un ojo rojo, el otro muerto, me miraba burlonamente.

–Un CUC, un CUC por la verdadera historia sobre cómo murió el Che.

–Cerró la puerta al salir –me sopló una jinetera–, era un buen amigo.

¿O quizás para que su espíritu no lo persiguiera?

# El túnel del tiempo

Tejadillo, 3 - 4 - 8, esquina Habana y Aguiar, una puerta estrecha, azul marino, daba paso a un oscuro corredor, correa sin fin que se perdía en las tinieblas. Desde el interior salió una voz, temblé.

–Pase, sin compromiso.

Y yo tenía un compromiso, solo que no podía decirlo. La voz salió de las sombras, me atravesó y se perdió por Aguacate rumbo a La Subida del Ángel.

Un silbido agudo perforó mis pensamientos

–pase, somos una comunidad de pintores, esta es nuestra galería.

Dejé mis temores en el sócalo apoyados en una de las vigas de la puerta de madera.

Entré, mis temores siguieron mis pasos.

A mitad del trayecto, una pequeña figura se cruzó en mi camino, era el dueño de la voz sibilina, no lo hacía a propósito, le faltaban varios dientes. Mi espalda me dolió, por atrás me cortaba el camino la primera voz. Nunca salió.

–Somos seis pintores.

Seis colgaban sus obras en los muros, en los rincones, en el techo, en las telas de araña, pasé de uno a otro, de otro a uno sin gran interés hasta que... apoyado en una silla, polvoriento, un recuerdo surgido de Putaendo, un grabado similar a los de Pedro Lobos que había visto en mi infancia.

Lobos, quien murió cuando yo emprendía mi viaje.

Manos de pueblo, rostros de pueblo, alma de pueblo, ojotas de mi pueblo. Rostros hechos uno a uno, grabados en la madera, penetrando el corazón del roble, entintado uno a uno, traspasando su huella a la humilde hoja de papel, eran los rostros de mi pueblo, mostrando la esperanza, mostrando sus lacras, mostrando el alcoholismo y grabadas para siempre las huellas de la injusticia que no pudieron borrar de sus rostros ni las ajadas manos de la madre de Lobos, lavandera campesina, manos de mi pueblo, manos que se prolongaron en las manos de su hijo Pedro, sí, aquel que repartió el pan y el vino y pintó los volantines en las fiestas campesinas de Putaendo.

Lo levanté con respeto y me senté en la polvorienta silla.

–Es de un chileno –me dijo el sibilino–, como usted.

Acto seguido, se le desató la lengua: –no logro entender por qué Allende no distribuyó las armas al pueblo. En Valparaíso los cubanos teníamos dos barcos con armas y el embajador llamó a Allende y le dijo, estamos listos para desembarcarlas y distribuirlas a los cabros, le habló así, en chileno, para que no hubiera duda alguna, y Allende dijo que no. No entiendo por qué dijo no.

La voz susurró –quizás no quiso que hubiera una masacre –la voz había viajado– soy pintor y soy poeta, y he viajado por el mundo viviendo igual que aquí, como se puede, lo importante es soñar.

Me cayó bien la voz. Tenía mundo y había leído más allá de las fronteras.

–Hay otros chilenos, hubo muchos chilenos, todavía quedan algunos, otros se fueron, otros nunca más los vimos, los chilenos son como los fantasmas, aparecen de vez en cuando, no entiendo, les pudimos dar las armas –insistió.

Mi voz jugó a los fantasmas, no respondí, había aprendido a jugar a los fantasmas, *peek-a-boo*.

–Uno hacía películas, hacíamos reuniones para pagar el material, era pescador, no se ponga bíblico, este pescaba con cuerda, en el malecón, como los cubanos, preparaba los pescados a la chilena y en la reunión los repartía, no cobraba, cada uno dejaba algo para comprar el material para que pudiera terminar su película sobre los pescadores del sur de Chile, algo así como la pesca milagrosa, pero sin los panes.

–Nunca vi la película –dijo la voz.

–Lo esperamos mañana, vamos a traer al chileno y a tomarnos unas buenas botellas, los chilenos son buenos pa'l tinto y una buena borrachera despierta el pasado, y a lo mejor puede explicarme el porqué Allende no quiso que distribuyéramos las armas, estábamos esperando la orden.

Jugué a los fantasmas, la historia no se repite, y a mí sí me dieron un arma, pero no tenía balas.

## Adivinanzas

El Che murió por ti.

¿Y tú por quién morirás?

## Rum Rum

se fue pa'l norte

no sé cuando vendrá


que me perdone Violeta, pero ese era el nombre del restaurante y en ese fue la última cena en La Habana vieja. En la puerta, un grupo de músicos cantaba.

La Scala en París

la Peña de los Parra en Chile

la calle Peña Pobre en La Habana

boleros en la calle

boleros en mis manos

boleros acariciando las manos de La Bella

boleros en nuestros ojos

por ello les abrieron las puertas

al pasar nos agradecieron

en respuesta

en el medio de una ropa vieja cantaron un chachachá que había usado en una obra en París,
a cada cha, un golpe de corriente

los marcianos llegaron ya

y llegaron bailando ricachá

ricachá, ricachá, ricachá

como llaman en Marte al chachachá

seguida de boleros

de pronto,

en un segundo,

sin aviso,

"La batea" *

*mira la batea como se menea*

*como se menea el agua en la batea*

la batea de mis años de exilio en París

en La Habana vieja

¡qué barbaridad!

como se menea

la historia en la batea

me uní al canto.

¿Violeta?

Violeta se fue para los cielos

esa querida angelita.

* "La batea", canción de Toni Taño, compositor cubano. En versión del grupo musical chileno Quilapayún, en 1971, se convirtió en éxito internacional.

# El taller de artesanos

Omar regresa de las tinieblas,

nos vende tres serigrafías

hablamos

y luego nos regala todas las que queramos

nos muestra con orgullo

una foto de su hijo

primer bailarín del Ballet de Kansas City,

en sus brazos

en el aire

en el espacio infinito

la prima ballerina

su novia

y las aguas seguían agitándose

los tiburones vigilando

y los cuerpos siendo devorados

pero

al igual que Nureyev alguien salta las 90 millas,

90 millas o

se ahoga a 10 pulgadas de la orilla, del sueño, en el río Bravo

Y en Kansas City en el ballet *El lago de los cisnes* se agita y el público maravillado ve un bailarín que por momentos mueve las caderas con el ritmo de Santiago de Cuba

¡ay mamá!

de dónde son los bailarines

que los encuentro atrayentes

y me los quiero llevar

¡ay mamá!

Lo formó Alicia Alonso, bailó en el mundo entero y el mundo le quedó chico, necesitaba respirar, necesitaba el espacio infinito para elevarse y una vez en las nubes, ese querido angelito, miraba a su padre, Omar, que orgulloso, en el taller de La Habana vieja contaba a quien quisiera escucharlo «mi hijo es el primer bailarín en el ballet de Kansas City.»

Nadie le creía, nadie hasta que mostraba la foto donde sonriendo con la misma sonrisa, pero con la tristeza reflejada en sus ojos, aparecía su hijo 90 metros navegando en el aire, el padre sentado en el malecón.

# La última noche que pasé contigo

Última noche, tormenta, rayos y centellas iluminaron La Habana vieja. La Habana no deja partir, se desgarra, te agarra, te ilumina, te estremece, te grita desde su corazón: «no me olvides, recuerda, hace cincuenta años fui tu primer amor.»

Sesenta años más tarde el sueño se cumplió, lo destruyeron y nos regresaron al punto de partida.

Entramos en los tiempos de tristeza.

## Décimo día: espirales

Viajé de regreso, tomé el avión, el sueño era de ida y vuelta, cerré los ojos y parodiando a Neruda exclamé, ¡Cuba en el corazón!

Al abrirlos, un mendigo caminaba entre la fila de autos sosteniendo un cartel:

*I am homeless*

*I am hungry*

*any help is good*

*God Bless you*

estaba en América.

La Habana, junio 2019

Nueva York, julio 2019

¡Ay mamá!

**Gustavo Gac-Artigas**, escritor, dramaturgo, actor, director de teatro y editor nacido en Santiago de Chile, pero criado en el sur, en Temuco.

Su poesía ha sido publicada en revistas literarias académicas como: "Revista de la Academia Norteamericana de la Lengua Española" (RANLE), *Multicultural Echoes Literary Magazine* (Universidad del estado de California, Chico) y "Enclave, Revista de Creación Literaria en Español" (Universidad de la ciudad de Nueva York-CUNY).

Como novelista ha publicado además: *Tiempo de soñar* (1992, 2016) *¡E il orbo era rondo!* (1993, 2016) y *El solar de Ado* (2003, 2016). Como dramaturgo tiene a su haber: *Pablo-Pueblo* (1975), *El país de las lágrimas de sangre o nosotros te llamamos Chile libertad* (1978), *El huevo de Colón o Coca-Cola les ofrece un viaje de ensueños por América Latina*

(1982), *Gonzalito o ayer supe que puedo volver* (1989) y *Cinco suspiros de eternidad* (1992).

Es autor de "Fragmentos, los caminos de la escritura en la voz del autor", serie de videos cortos en español, conversaciones con la audiencia sobre el proceso de la creación.

En 2019 terminó *Cómo quisiera / Longings and Brushstrokes / J'aimerais tant,* poemario trilingüe.

Su cuento "Dr. Zamenhofstraat" obtuvo el premio Poetry Park (1989), Róterdam, Holanda. La traducción al inglés de su novela *Y todos éramos actores, un siglo de luz y sombra* (2016), por Andrea G. Labinger, obtuvo el segundo lugar en el *International Latino Book Award 2018* en la categoría de "mejor libro de ficción en traducción del español al inglés".

Tras el golpe de Estado de 1973, vivió como refugiado político en Francia (1973-1985) donde recreó su grupo, *Théâtre de la Résistance-Chili* con el cual participó en 17 festivales internacionales de teatro, entre ellos

los de Aviñón y Nancy. En 1986, luego de un intento fallido de regreso a su país, obtuvo asilo en Holanda.

Durante su estadía en Francia fue miembro de la *Société des Auteurs et Compositeurs Dramatiques*; en los Estados Unidos, donde reside desde 1992, es miembro correspondiente de la *Academia Norteamericana de la Lengua Española* (ANLE). Ha participado como escritor invitado en múltiples congresos literarios y regularmente escribe artículos de opinión para la agencia Efe y *Le Monde Diplomatique*, edición chilena.

www.ingramcontent.com/pod-product-compliance
Lightning Source LLC
Chambersburg PA
CBHW022037170626
46808CB00003B/1243